新雅文化事業有限公司
www.sunya.com.hk

阿珐隆尼亞座落在山谷的深處，四面冰山環繞，山峯高聳入雲。雖然不少人嘗試過要征服這些陡峭險要的山峯，但仍未有人能挑戰成功。因此，山的另一邊到底有些什麼，仍是一個謎。

依格．卡迪是世界上最勇敢的探險家，他決意要征服高山。他相信自己能創造奇跡，向世界展示山後的奧秘。

依格希望能跟十幾歲的兒子歷奇一起創造傳奇，但歷奇鍾情園藝，不喜歡冒險。然而，依格還是堅持要帶上他，希望能父子倆一起踏上征途，共創奇跡。

他們和其他人組成遠征小隊，展開旅程。依格幾個月來專心致志，攀山前行，從未放慢步伐。

歷奇告訴父親，團隊的其他成員都有點累了，但依格還是堅持奮勇前進。他對歷奇說：「別發牢騷了！你要加快腳步，別再慢吞吞。」

歷奇歎了口氣，繼續跟隨父親上路。

當他們走進一個洞穴時，歷奇被一棵在冰裏生長的植物吸引，正想伸手去觸碰它，卻忽然被電了一下。

「哎呀！」他大叫，聲音在洞穴裏迴蕩，令洞頂的龐大冰柱開始掉落。

冰柱裂成碎冰，每塊碎冰都極其鋒利，滾落之勢有如雪崩。大家立刻四散尋找掩護，但歷奇走得比較慢，他腳下的那片岩石開始崩塌了！

依格立即想辦法在雪中把錨固定，抓緊繩子，向深坑一躍而下，及時抱住兒子。

眾人安全落地之後，依格凝視四周山巒，看到前方有路，感到非常興奮，很想繼續前行。

但歷奇志不在此，他正在近距離觀察着附近怪奇的植物，發現它們似乎在發出陣陣能量。

「爸爸，你看。」歷奇指着植物說。

遠征隊的成員也驚訝地看着那些植物。

依格只看了一眼，絲毫不感興趣。他抱怨道：「歷奇，我們是探險家，不是園藝師。」他再次舉目望向面前的高山，激昂地說：「我們起行吧！」

但歷奇沒有動身，對他而言，眼前這些特別的植物比探險高山更加重要，他甚至想要把這些植物帶回阿玹隆尼亞的家。

依格提醒歷奇，他含辛茹苦鍛煉歷奇，就是為了這次的冒險之旅。「我們要共創傳奇！」依格堅決道。

「爸爸，我才不要。」歷奇反抗。

「夠了！」依格提高嗓門，「你是我的兒子！」

「但我不是你！」歷奇叫道。

依格想叫大家繼續上路，但其中一名隊員嘉麗桃認同歷奇的話，而且也覺得這些植物很特別。「我覺得歷奇說得對。」她附和道，「這些植物或許關乎到阿珐隆尼亞的未來，我認為我們有義務把它們帶回去。」

於是，依格留下他們，踏着沉重的步伐獨自起行。歷奇看着父親離隊，錯愕得不懂反應。

PROGRESS · PANDO

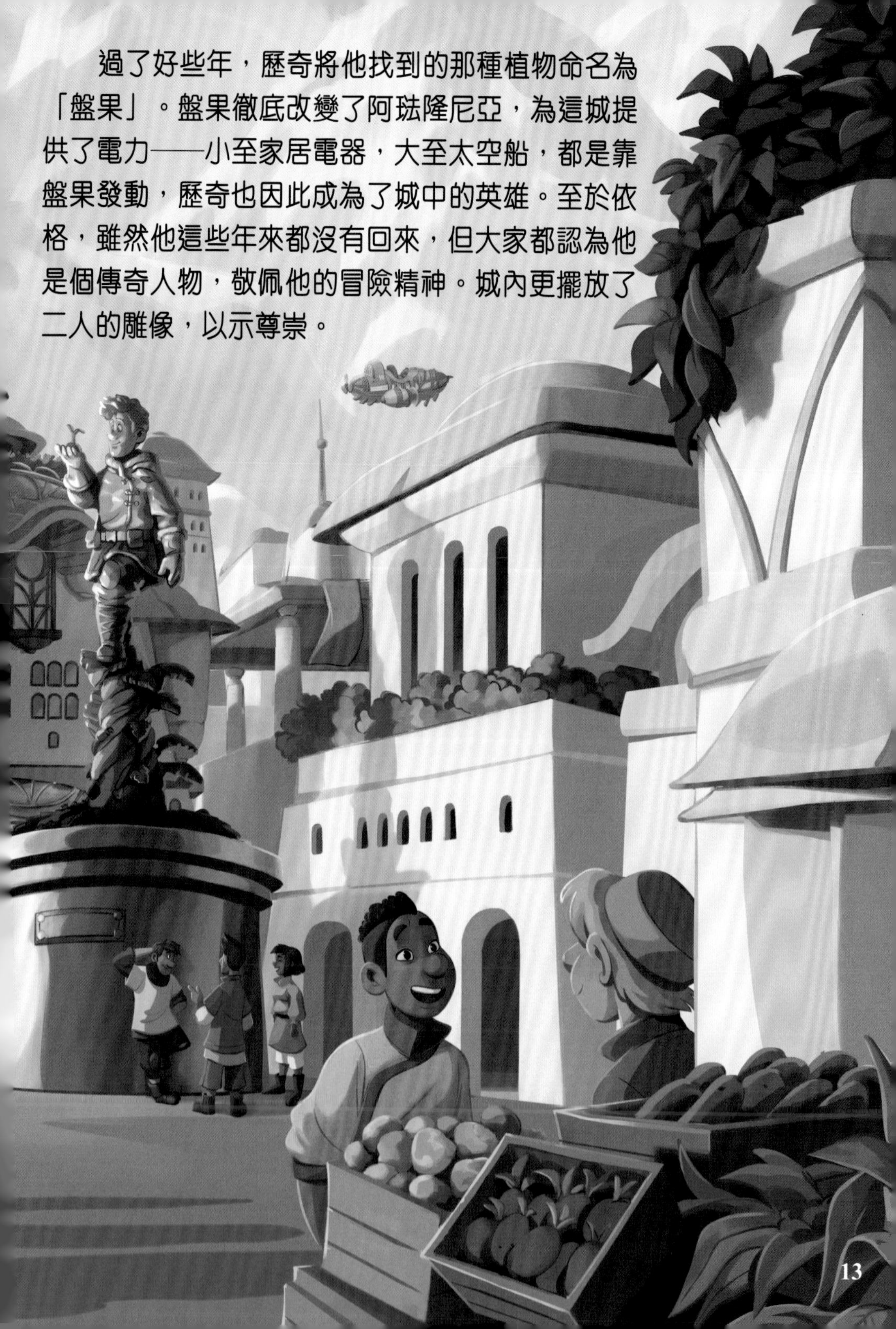

過了好些年，歷奇將他找到的那種植物命名為「盤果」。盤果徹底改變了阿珐隆尼亞，為這城提供了電力——小至家居電器，大至太空船，都是靠盤果發動，歷奇也因此成為了城中的英雄。至於依格，雖然他這些年來都沒有回來，但大家都認為他是個傳奇人物，敬佩他的冒險精神。城內更擺放了二人的雕像，以示尊崇。

歷奇如今已成家立室，而且有一塊欣欣向榮的盤果田。歷奇很喜歡在田裏工作，但他同樣熱愛家庭生活。他很喜歡跟兒子艾文一起下田耕種，父子二人感情很是要好。

歷奇很自豪，因為他知道自己建立起的一切都可以傳給兒子。卡迪農場無疑是他引以為傲的傳家之寶。

有一天，歷奇太太瑪莉蓮達的滅蟲飛機出了問題，即使換入全新的盤果電池，引擎還是開不動，於是她叫了丈夫過來看看。

歷奇指着電源，原來是盤果電池沒電了。

歷奇聳聳肩，回答道：「可能又有害蟲破壞了盤果的根莖。」

「那我待會兒開動滅蟲飛機後，額外護理一下這塊田吧。」瑪莉蓮達說，希望這樣能除掉害蟲。

此時，艾文的朋友駕着車來到，興奮地呼喚他。他們剛去了遊戲店，買了他們最愛的遊戲《原始世界》最新的遊戲卡。

艾文的好友戴阿蘇從後座跳出來，將一包卡遞給他，說：「別擔心，我們可沒忘記你呢。」

「謝謝啊，你真貼心。」艾文說着，內心很感動。

但當大家拆開各自的遊戲卡時，艾文禁不住有點失望，因為他得到的是農夫卡。

戴阿蘇提議和艾文交換。「這張似乎更適合你。」戴阿蘇說着，將探險家卡遞給他。

就在這時，歷奇走了過來，說：「嗨！大家好！最近有什麼好玩的？」他開始向艾文的好友問東問西，又誇獎兒子有多酷多棒，令艾文尷尬得立刻把他拉走。

歷奇兩父子接着將貨品放上貨車，一起駛進城裏。他們經過廣場中那兩座雕像時，艾文問起他如傳奇般的祖父：「你可以告訴我祖父的事跡嗎？」

歷奇解釋了當依格的兒子有多不容易。「他完全不關心我，只顧征服高峯。」他說，「而我只在乎你、我們的家庭，還有我們的農場。」

「有你這個爸爸，確實不錯。」艾文說。

歷奇笑了，驕傲地說：「我兒子認為我是個很棒的爸爸啊！」

　　那天晚上，有一艘名為「探險號」的巨型飛船降落在盤果田，歷奇一家都很意外。總統嘉麗桃．摩拉從飛船走出來，身邊帶着兩名手下——寶卡和哈迪。

　　「嘉麗桃？」歷奇說。嘉麗桃是昔日遠征隊的隊友，也是阿玹隆尼亞如今的領袖，但歷奇不知道她為何會大駕光臨。

艾文發現原來爸爸認識總統，感到難以置信。

「她以前跟你祖父一起遠征。」歷奇解釋說。

「摩拉總統，請問這艘飛船能越過高山，飛到山後嗎？」艾文問道。

「很抱歉，沒有東西可以飛得那麼高。」嘉麗桃回答說，「至少目前還未可以。」

歷奇問她為何忽然拜訪，她說有些東西想給他看。

嘉麗桃打開了一箱腐爛了的盤果，並告訴歷奇，接下來的一個月，很可能所有盤果都會壞掉——包括卡迪農場的那些。「我正在籌備一趟探險之旅，一定要拯救盤果。」她說，「我想我們一起去。」

「我不去。」歷奇拒絕道，「我又不是我父親。」

嘉麗桃好言相勸了一會，歷奇最終同意前去。艾文歡呼道：「太好了！我們什麼時候出發？」

不過，歷奇想艾文安在家中。「你不能去，我不會讓你冒生命危險。」他說，「現在不會，將來也不會。」

艾文非常憤怒，氣呼呼地回去自己的房間。

歷奇準備登上探險號之際，心裏難免擔心家人，特別是悶悶不樂的艾文。

「我真不想在他心情這麼糟的時候離他而去。」歷奇說。

「他冷靜一下就會沒事。」瑪莉蓮達安慰他，「去拯救我們的農場吧，我們沒事的。」

飛船關門當下，瑪莉蓮達向丈夫送了個飛吻。探險號隨即出發，飛往山上，離農場越來越遠了。

嘉麗桃將所掌握的資料向歷奇講了一遍。她說，雖然盤果在地面上有幾千棵，但其實它們的根部都連在一起。他們追尋根莖至山間，到了某處，根莖忽然都轉向地底。正當他們向下挖掘，地裏就出現了巨大的坑洞。

「我們的任務就是要找到盤果的根源，然後除去侵害它的東西。」嘉麗桃說。飛船慢慢往下沉降，落入無底深淵。歷奇問道：「我們要進到多深的地底裏去？」

「我也不肯定。」她回答，「但阿珐隆尼亞的未來就在我們手裏，我們必定要去查探清楚。」

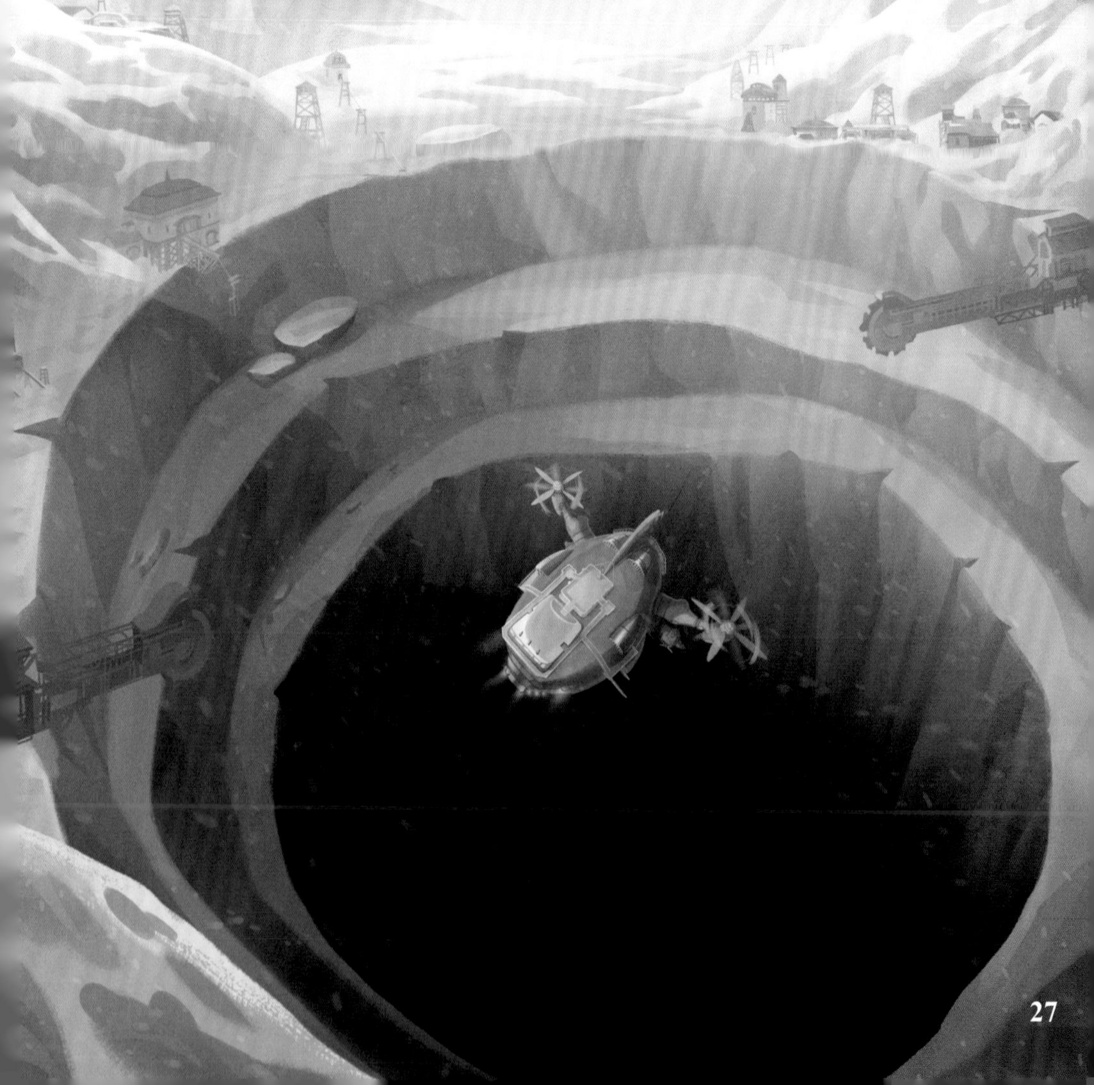

地底裏漆黑一片，盤果的根部釋出閃爍的光。歷奇和嘉麗桃欣賞了好一會兒，忽然間上面有聲音傳來，引起了他們的注意。原來，瑪莉蓮達駕着滅蟲飛機在上空徘徊！

「老婆？」歷奇詫異地問道。

「艾文……上了……你的飛船！」瑪莉蓮達喊叫。

歷奇轉向嘉麗桃，問道：「她說什麼？」

「她說你的兒子上了我們的飛船。」歷奇身後傳來一把聲音。他回頭一看，寶卡正站在艾文旁邊。

「艾文！」歷奇驚訝地說。他看着神將奔跑過來，更是不解。「你還帶了小狗？你在這裏做什麼？」

「爸爸，我就是想來幫忙。」艾文說。

歷奇還未來得及將兒子送回家，他們就受到了數十隻不明飛行怪物攻擊！機師還被其中一隻捉走了，飛船開始失控。

瑪莉蓮達駕着滅蟲飛機在這些怪獸間左穿右插，飛馳到探險號旁邊。她跳進探險號的駕駛艙，立刻當起機師來。

飛船快要墜落到地面之際，她高聲叫嚷：「要墜落了，俯身抱頭！」

啵咯啵咯！出乎眾人意料，探險號穿過了軟綿綿的地面，到達了一個奇異的地底世界。

飛船傾斜一邊，神將滑到船艙的邊緣。歷奇捉住了牠，但雙雙掉出船外！

幸好，地面彈性十足，他們都沒有受傷。

歷奇慢慢爬了起來，尋找探險號的位置。他看見飛船安全地降落在遠處，才鬆了一口氣。

「我們到底在哪裏啊？」他邊觀察四周邊問道。他留意到盤果的根莖遊走在這個大洞穴的頂部，會心微笑道：「我們盤果的生命真是頑強。」

忽然，一團小生物冒了出來，搶去歷奇的手帕後就逕自逃走。「喂！」歷奇大喊。

神將追着那團小生物跑，歷奇跟在他們後面追。他沒留意到，叢林間原來有雙眼睛在盯着他們。

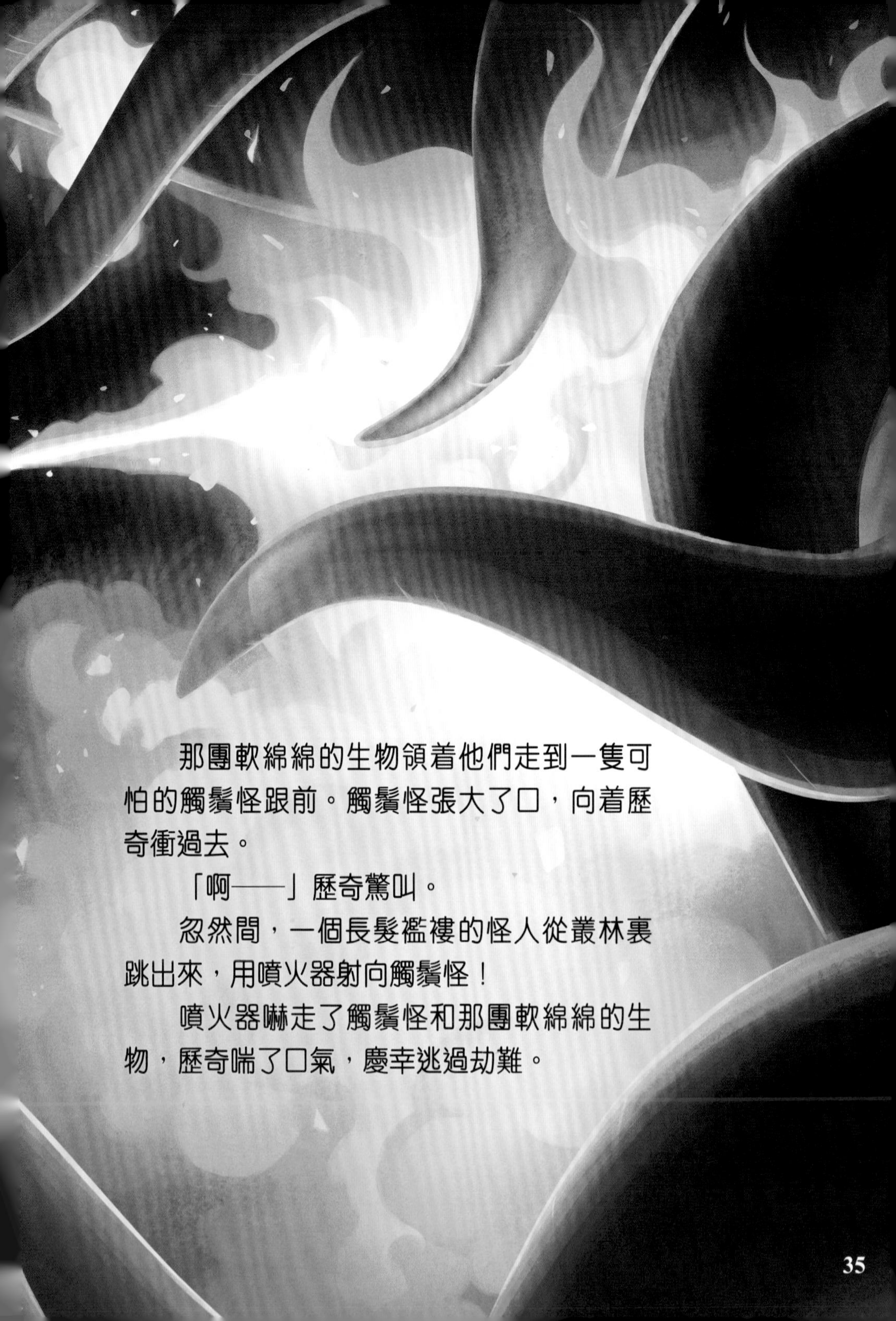

那團軟綿綿的生物領着他們走到一隻可怕的觸鬚怪跟前。觸鬚怪張大了口，向着歷奇衝過去。

「啊——」歷奇驚叫。

忽然間，一個長髮襤褸的怪人從叢林裏跳出來，用噴火器射向觸鬚怪！

噴火器嚇走了觸鬚怪和那團軟綿綿的生物，歷奇喘了口氣，慶幸逃過劫難。

歷奇尷尬地向救命恩人自我介紹。「你好。」他慢慢地說，「我是從地面世界來的人類。你聽得懂我的話嗎？」

「當然聽得懂。」他回答，「你以為我是那些沒腦的怪獸嗎？」

「咦？」歷奇很是疑惑。

「小子。」怪人一面說，一面除下面具，「你眼前的，是世界唯一的最強王者——依格。」

「爸爸？」歷奇對眼前的一切難以置信。

「爸爸？」依格重複着他的話，迷惘至極。

另一邊廂，在探險號上，瑪莉蓮達和嘉麗桃都認為要先修理飛船，才去尋找歷奇。但艾文不想等了，擅自偷偷出發。

艾文駕着小艇，在地底世界裏遊來遊去，邊走邊看四處的景色，滿臉驚奇。可是，他很快就掉進了一個漆黑的坑洞裏，得鼓起勇氣才能繼續尋找出路。

他看到一團軟綿綿的生物拿着父親的手帕，便試着跟牠溝通。「你可以帶我去找手帕的主人嗎？」他問道。

艾文跟着小生物走，希望能找到爸爸。

依格兩父子向探險號的方向走去，依格向歷奇娓娓道來，他花了很多年翻山越嶺，探索前往山另一端的路徑，才發現原來可以從地底過去。依格續說，他這些年來與許多怪獸戰鬥過，包括他稱之為「收割者」的觸鬚怪。

「不過，從來沒有任何事物能阻擋到我實現目標。」他說，「直至我遇上天下唯一的巨敵——灼熱之海。它變幻莫測，只要偶一不慎，就會萬劫不復。」

依格說無論是什麼東西，只要一碰到灼熱之海，就會被溶解。「但有了你的飛船，我們就可以飛越這片海，到達山的另一邊。」他興奮地說。

這時，瑪莉蓮達還在努力修理探險號，但隊員基斯柏前來告訴她，艾文自己走開了，把她嚇得六神無主！

她立即跳上小艇，出發尋找兒子。

依格和歷奇繼續往探險號的方向走去，途中忽爾談起歷奇當初選擇當農夫的事，二人為此爭執起來。後來一隻怪獸阻擋了他們的去路，歷奇便轉移話題，問道：「這東西危險嗎？」

依格聳聳肩，笑着看那東西把歷奇吸了進去！神將一時貪玩，也跳了進去，他倆在怪獸透明的身體裏凌空懸浮着。

歷奇看到父親拾起了地上一張《原始世界》的遊戲卡，忍不住叫了出來。

「那是艾文的卡！」他告訴依格，「你的孫兒！」

依格邊細看地上留下來的足印，邊說：「看來他不是孤身一人。」

原來，艾文一直跟那團小生物走着，並替牠起名為「撻撻」。當他拾起從探險號掉出來的盤果時，其中一棵弄傷了撻撻。

艾文溫柔地用手帕包紮撻撻受傷的手臂。撻撻很感激他，但他們已不經不覺走到了收割者的巢穴裏！

撻撻嘗試跟一眾收割者說明艾文是牠的朋友，但牠們只管將艾文推開。

正當收割者要攻擊艾文，依格和歷奇剛好趕到。

依格立刻向怪獸開火。「站在我後面！」他叫道，但噴火槍不久就耗盡燃料！

幸好瑪莉蓮達來得及時。「上來吧！」她大喊。一行人立刻跳上船，但收割者緊隨其後。撻撻提醒艾文，可以使用剛才拾到的盤果還擊。艾文將盤果擲向怪獸，爭取多一點時間逃脫。

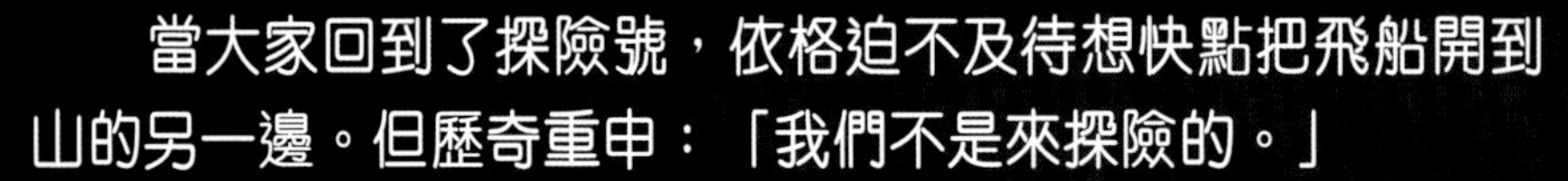

當大家回到了探險號，依格迫不及待想快點把飛船開到山的另一邊。但歷奇重申：「我們不是來探險的。」

「哼！又是為了你那些無聊的植物。」依格冷笑一聲。

二人爭論不休，嘉麗桃只好介入。「提提大家，我們今次的任務是要拯救盤果。」她立即指向盤果那壞掉的根部，「但完成任務後，我們也可以去看看山的另一邊。」

大家都同意嘉麗桃的提議，於是瑪莉蓮達爬進駕駛艙，探險號再次起飛。

探險號行駛期間，依格花了點時間跟孫兒相處。他讓艾文嘗試操作噴火槍，艾文對此很有興趣，蠢蠢欲試。

歷奇看見爺孫倆玩在一起，立刻走了過去，擔心父親格會帶壞兒子。依格和歷奇又開始爭吵，後來艾文提議一起玩《原始世界》，才令氣氛得以緩和。

艾文想要教他們怎樣玩這個遊戲，但依格他們總是破壞規則。「這個遊戲的目標是要消滅怪獸。」艾文解釋說，「你要運用自己附近四周的資源，建設文明社區。」

「嗯，我完全搞不懂。」依格說。

「我也搞不懂。」歷奇說。

不久後，艾文非常懊惱，放棄了玩遊戲。二人看着艾文氣沖沖地走了出去。撻撻也學他做出憤怒的樣子，一起走開了。

飛船沿着盤果的根莖一直往下走，直至來到一處恐怖之地。「我們來到灼熱之海了！」依格說。

怒海中的強酸浪洶湧翻騰着，瑪莉蓮達覺得要飛過它們實在不太可能，但她別無選擇——要拯救盤果的話，就只能硬着頭皮繼續往前去。

「坐穩！」瑪莉蓮達大叫道，然後她大力踏油門，準備避開一個巨大的強酸浪。她專心駕駛着探險號，艾文則在一邊協助導航。瑪莉蓮達的駕駛技術很棒，一直左閃右避，最後平安到達了海的另一邊。

「媽媽，你成功了！」艾文歡呼說，「你很厲害啊！」

但正當眾人慶祝之際，收割者突襲他們！

嘉麗桃和依格拿起武器奮力對抗，但怪獸的數目實在太多了。歷奇心生一計，撕開了一箱盤果，大家隨即拿起它們，擲向收割者，使牠們大受驚嚇，急速閃躲。

歷奇拿起採摘器，想把盤果擊向收割者，但他瞄準得太差了。依格看不過眼，前去教他怎樣投擊。

不出一會兒，歷奇便掌握技術，有模有樣地握着採摘器，叫道：「來吧！快來投球！」

依格擲出一棵棵盤果，歷奇用力一揮，擊倒了收割者，讓探險號成功逃脫。

　　當一切回復平靜，依格兩父子在飛船的甲板上站着。依格轉向兒子，問道：「你為什麼喜歡耕植？」

　　歷奇笑了，向父親解釋，他很喜歡戶外工作，也很喜歡當老闆，亦很希望可以建立一個令兒子引以為傲的農場。

　　依格點點頭，坦白他自己的困惑：「我整輩子都在探索冒險，浪蕩天涯。要是放棄探險，我也不知道自己會變成一個怎樣的人。不過，現在要改變也太遲了吧。」

這時，艾文跟母親在駕駛艙裏聊天。母親問艾文想不想嘗試駕駛，他興奮得抽了一口氣，回道：「真的可以試試嗎？」

「當然！」瑪莉蓮達說，「跟着盤果根部走就可以了。」

艾文小心翼翼地駕駛着飛船，瑪莉蓮達微笑道：「艾文，你知道嗎？我從來沒有見過你像現在那麼開心呢。」

艾文看着面前奇異又壯麗的景色，看得出神。他說：「也許農場太小了吧，當置身在外面的大世界時，我反而覺得更自由舒適。」

瑪莉蓮達鼓勵他多點了解自己的感覺，道：「隨心而行，你可能會探索到更多有趣的事物。」

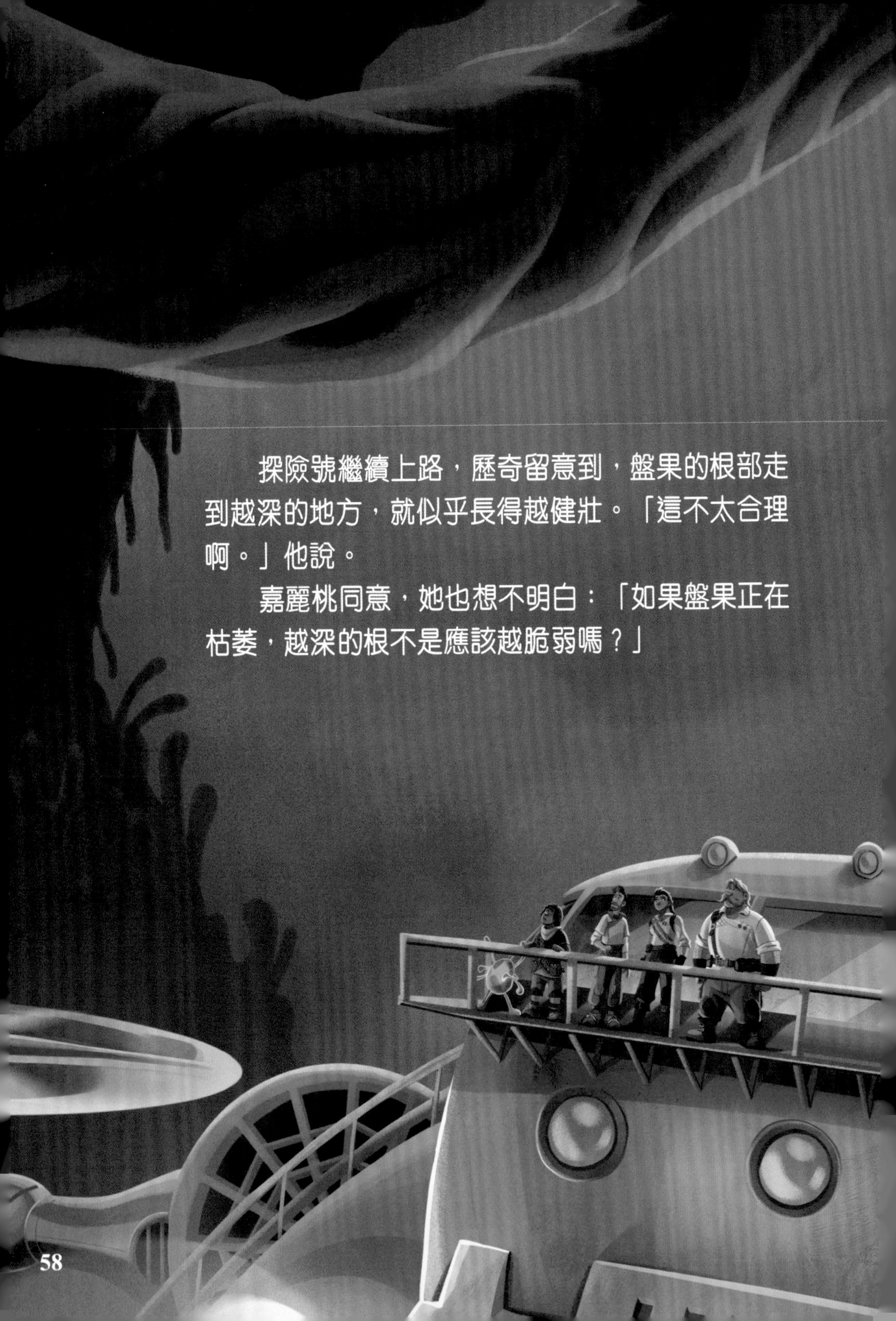

探險號繼續上路，歷奇留意到，盤果的根部走到越深的地方，就似乎長得越健壯。「這不太合理啊。」他說。

嘉麗桃同意，她也想不明白：「如果盤果正在枯萎，越深的根不是應該越脆弱嗎？」

突然間，數百隻收割者和怪物突襲飛船。大家準備好迎戰，卻看見收割者從他們身邊掠過。原來牠們不是要攻擊探險號，而是要攻擊盤果根部的核心！

「這就是導致植物在地面上枯萎的原因。」歷奇解釋說，「盤果將所有能量都轉移到這裏，抵抗攻擊，保護自己。盤果不是生病了，原來是在抗戰。」

大家七嘴八舌地商討對策，歷奇計上心頭。他拿出一箱盤果，將盤果磨碎成粉，然後將粉末放進發射器，瞄準收割者，消滅牠們。

「就像我們在農場用的方法一樣。」他自豪地說。

嘉麗桃笑了，道：「看來我們要將探險號變成世界上最大型的滅蟲飛機了。」

大夥兒立刻動工。

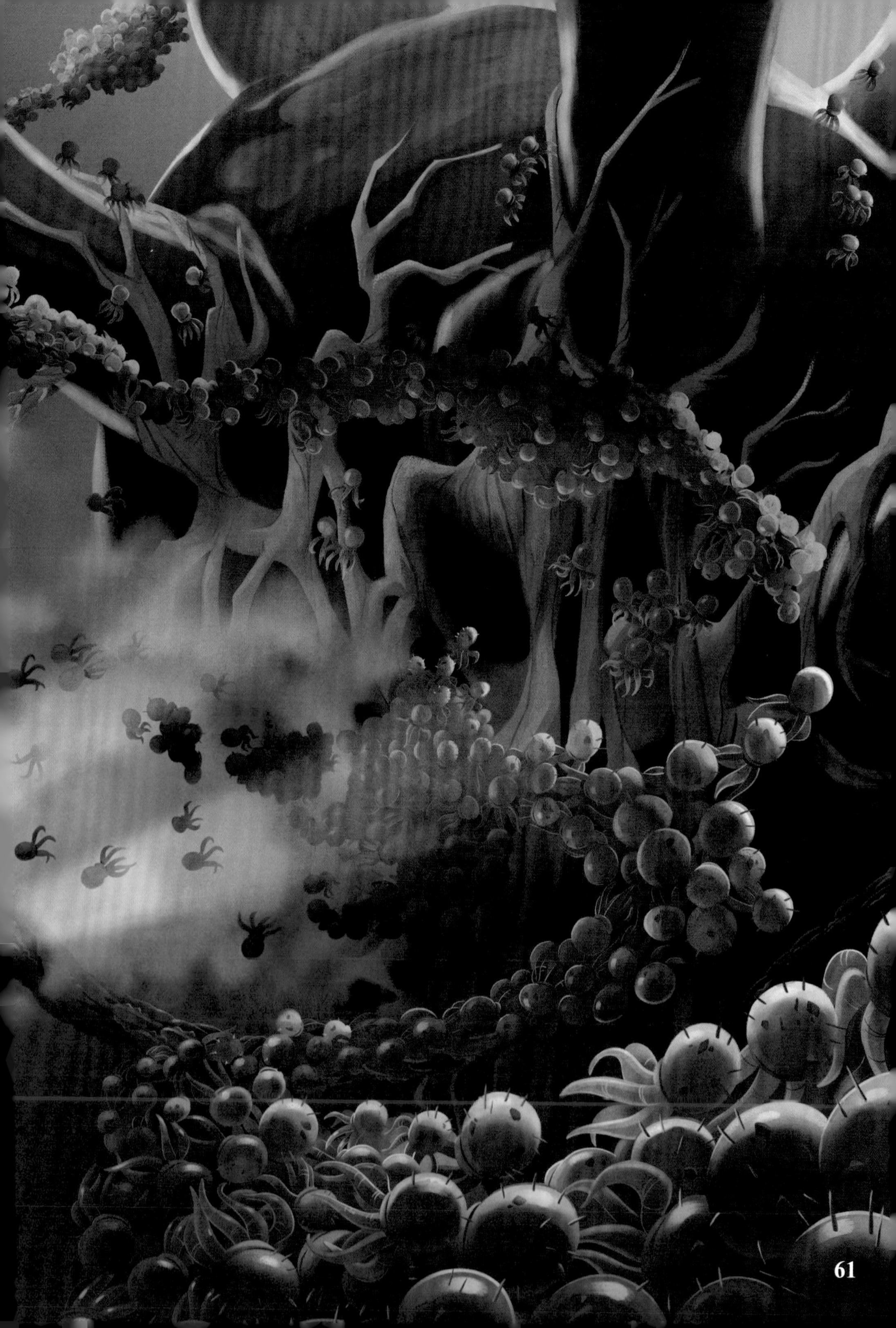

撻撻走到艾文身邊，似乎有重要的話要告訴他。牠指着飛船下面的戰鬥，又指着艾文的胸口。

「我不下去啊。」艾文說。撻撻繼續東指西指，發出哀鳴，想要艾文明白，但艾文看不懂牠的意思。

後來歷奇叫艾文去甲板，他只好匆匆走去，臨走時不忘向撻撻道歉了一聲。

歷奇將一枝噴槍遞給兒子，讓他可以向怪物噴射盤果粉末。但艾文拒絕道：「我覺得這樣做有點不對勁。」

「艾文，我們是農夫。」歷奇說，「這就是我們要做的事。」

就在那一刻，艾文彷彿明白了什麼似的。「爸爸，我不是農夫啊。」他說，並告訴父親他想成為探險家。

依格剛好走過來，歷奇便罵他向兒子洗腦。

「艾文，相信我，你絕對不會想活得像他一樣。」歷奇指着父親說，「他只關心自己，只想征服山峯。」

依格傷心難過，黯然地走開。艾文也跳下了船，憤然離去。

歷奇駕着小艇追上兒子，問道：「你怎麼了？」

「爸爸，是你啊！」艾文說。「你一早認定我一定會跟着你的步伐走，但你從來沒有問過我想要怎樣！」

歷奇將艾文拉上小艇。「你還小！」他對兒子說，「你不知道自己想要什麼！」

「我知道我不想成為你！」艾文反駁。

歷奇面色一沉，想起了自己多年前也曾對父親說過同樣的話。「我這輩子一直很努力不想成為像你祖父那樣的人。」他輕聲說，「但似乎，我還是跟他一模一樣。」

霎時間，上面的雲層散開了，陽光灑進來。艾文抬頭一看，眼睛也亮了起來，道：「爸爸，別說了！」

「艾文，我在道歉——」

「爸爸！爸爸！」艾文叫道，終於引起歷奇的注意，「我們好像到了山的另一邊。」

歷奇順着兒子的目光看過去。山的另一邊原來是一望無際的藍色海洋。「原來這裏是一片海洋啊。」歷奇說。

頃刻間，地上傳來了隆隆巨響，開了個口，露出了一隻巨大的眼睛，直直地瞪着他們！

「這——這——這是一隻眼睛嗎？」歷奇結結巴巴地問道。

「是啊。」艾文說。

艾文忽然明白了，這隻眼睛應該屬於一隻龐大的動物，也即是說，他們剛才其實一直在這隻動物的體內，跟牠的免疫系統作戰。

「原來剛才撻撻想告訴我，我們在生物的體內！那個地方是活生生的！我們沒找到盤果根部的核心，但來到了一隻生物的心臟，而盤果正在殺死那隻生物。」

歷奇也明白過來，他們立即趕回飛船上。

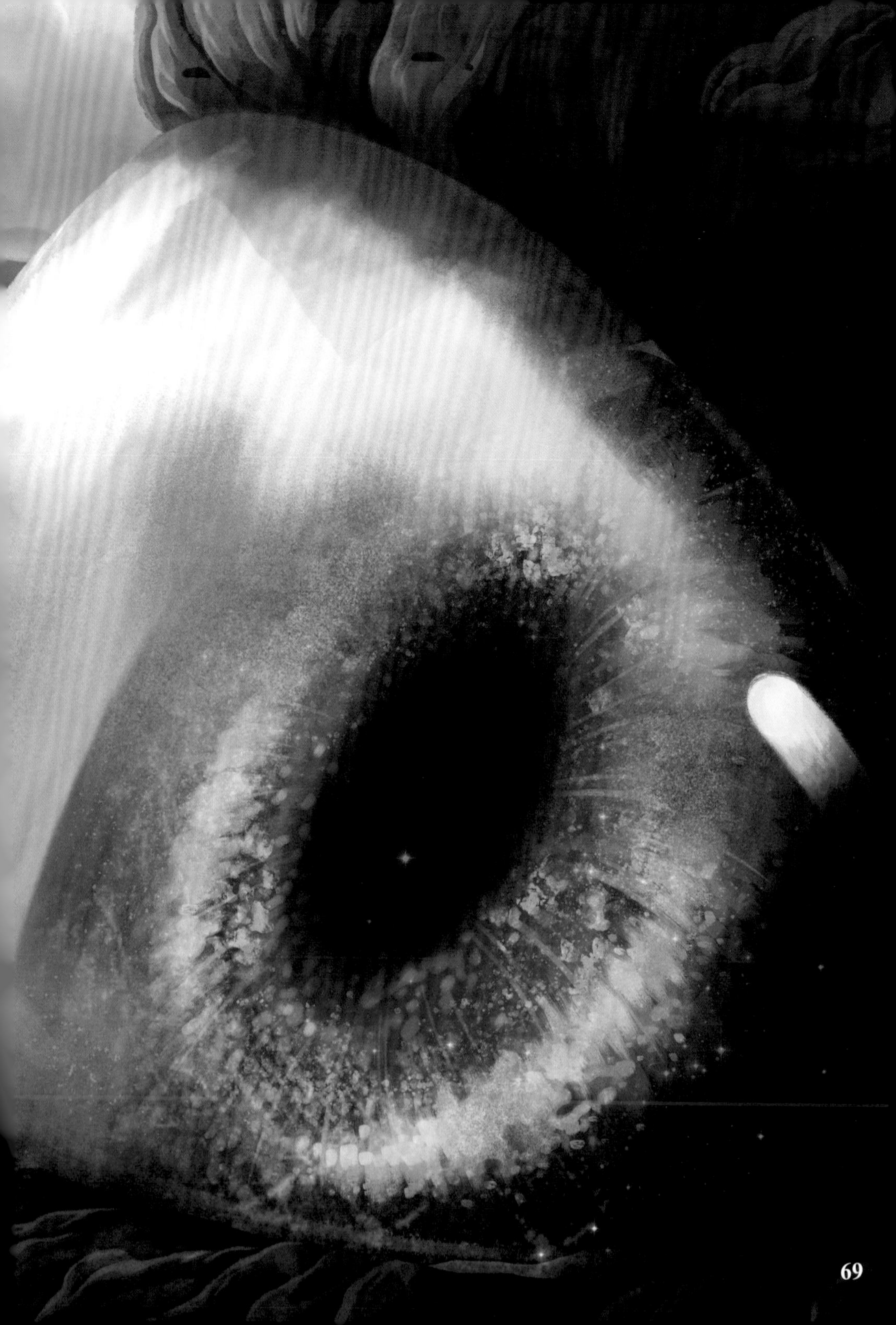

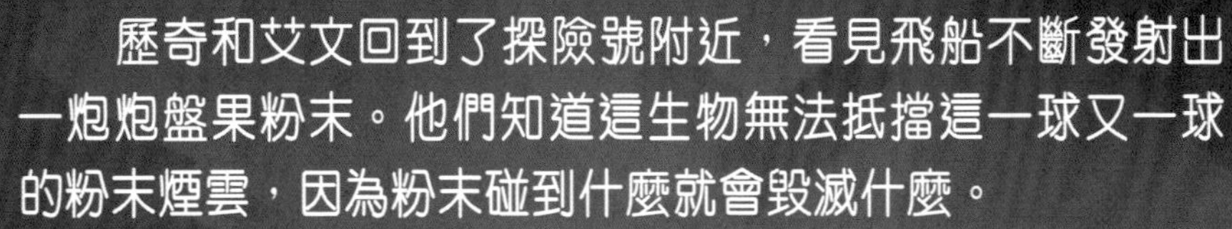

歷奇和艾文回到了探險號附近，看見飛船不斷發射出一炮炮盤果粉末。他們知道這生物無法抵擋這一球又一球的粉末煙雲，因為粉末碰到什麼就會毀滅什麼。

他們沒時間了。歷奇用力踏下小艇油門，以最高速度駛向飛船。

他們倆立刻跑到機艙，告訴大家在山的另一邊所看見的事。「盤果不是我們所想的神奇植物，原來它是寄生植物。」歷奇解釋說，「我們若要生存，就要放棄盤果。」

嘉麗桃不太相信，歷奇想要說服她，但這時他看到依格悄悄離開機艙。歷奇跟着他，走到外面的狹小通道上。

歷奇追上了爸爸，請求他幫忙。「如果我們不做點什麼，整個世界都會滅亡啊。」歷奇解釋說，「難道你不想拯救世界，創造傳奇嗎？」

「別跟我說什麼創造傳奇！」依格氣上心頭。「我們兩父子原本可以探索高山，共創奇跡，但你放下了我，是你放棄了！」

歷奇看到了父親眼裏的憂傷，向他道歉，並一再請求他留下來，一起拯救阿珐隆尼亞。

但依格心意已決，他想要親自看看山的另一邊。歷奇失意地看着依格坐上小飛艇，絕塵而去。

歷奇回到駕駛艙後，嘉麗桃下令將卡迪一家困起來。「歷奇，很抱歉。」嘉麗桃說，「我們整個世界都得靠盤果運作，我們下來是要拯救盤果，計劃維持不變。」

嘉麗桃的手下將卡迪等人反鎖在儲物房內。歷奇大叫：「放我們出去啊！」

他們聽見神將在門外抓地的聲音，艾文便呼喚牠：「神將，開門啊！幫我們開門啊！」

神將用爪碰了碰門柄，但打不開門。「你要先開鎖。」歷奇指示道。

最後，撻撻將自己壓扁，從門底擠了過去，在神將那邊走出來。牠開了鎖，又教了神將怎樣開門！

卡迪一家逃脫了，立刻跑出去，奪回飛船的控制權。

接下來，就要對付盤果。歷奇知道最快殺滅農作物的方法，就是讓害蟲入侵其根部。「雖然盤果的捍禦能力很強，害蟲無法進入去攻擊。」他說，「但只要我挖一個洞……」

「收割者就可以進去收拾盤果。」瑪莉蓮達說。

艾文毫不猶豫加入行動，駕駛着探險號下潛到飛行怪物的背上。「爸爸，你來嗎？」他問道。

歷奇吻了下妻子，然後躍上了飛行怪獸，準備要跟兒子一同對抗盤果。

嘉麗桃和手下闖進了駕駛艙，瑪莉蓮達迅速駛向生物心臟一帶，讓他們近距離觀看。

「歷奇說得對。」嘉麗桃驚訝道，「這不是盤果根部的核心，而是一隻生物的心臟。」

「希望現在為時未晚。」瑪莉蓮達說。

這時，依格也差不多到達了山的另一邊，但他停了下來，滿腦子都想着他的兒子。他知道歷奇想創造屬於他自己的傳奇，需要他的幫忙。依格沉思着，不知自己有沒有做錯決定。

另一邊廂，歷奇叫艾文和撻撻去把收割者引來，同時間他立刻動手，將採摘器一下插進盤果的根部，但腳下卻傳來一下閃電，他整個人給彈飛了，砰的一聲落在地上。

依格這時出現了，立即扶着兒子。

「爸爸！」歷奇驚訝地說。

「我們父子倆一起來吧！」依格叫道。

二人一起挖掘盤果，破壞它的根部。但每挖一下，他們就受到一下電擊。

「繼續挖啊！」歷奇叫道。兩父子用盡一切力量，終於把根部挖穿。一股強大的閃電擊中他們，使他們雙雙倒地。

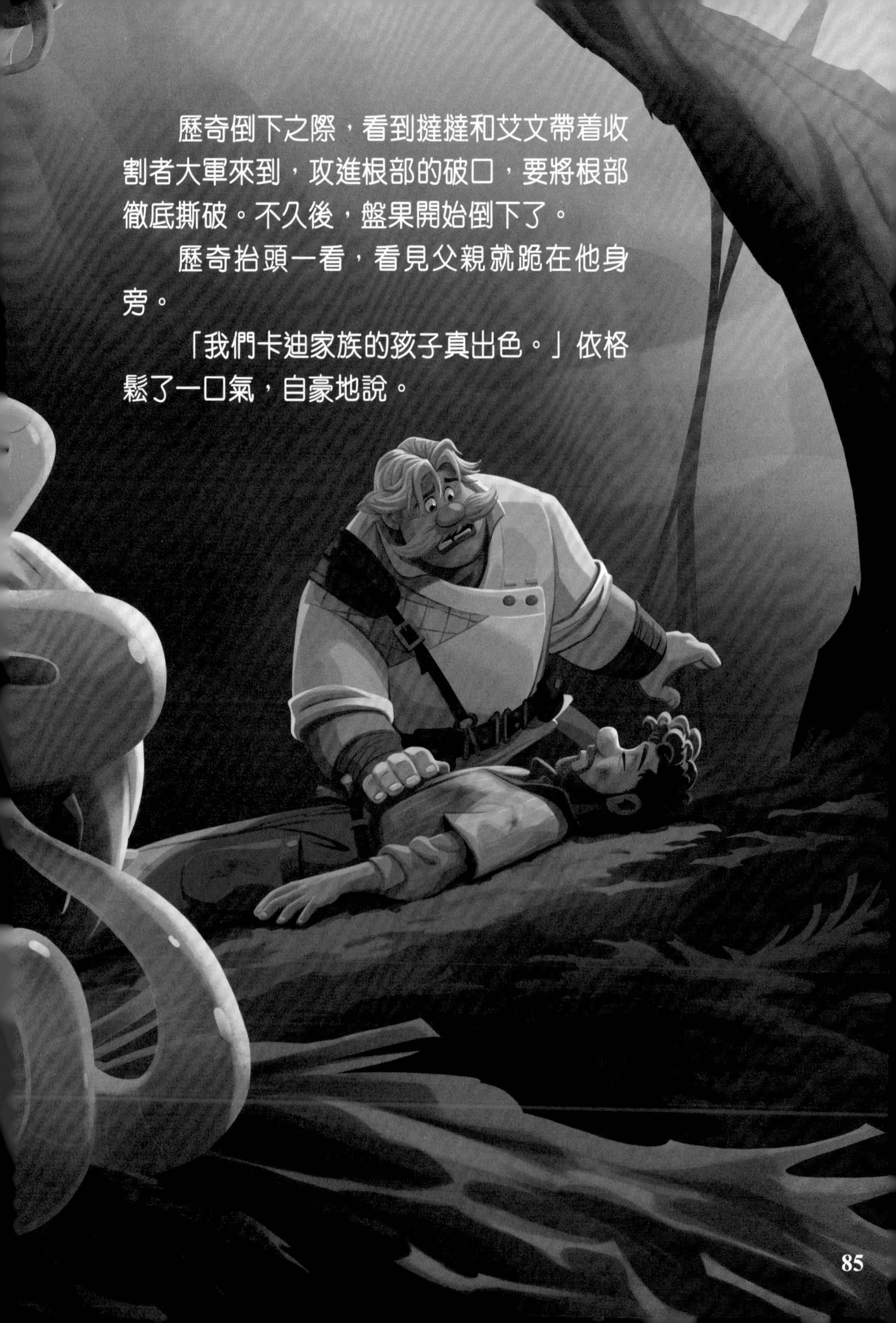

歷奇倒下之際，看到撻撻和艾文帶着收割者大軍來到，攻進根部的破口，要將根部徹底撕破。不久後，盤果開始倒下了。

歷奇抬頭一看，看見父親就跪在他身旁。

「我們卡迪家族的孩子真出色。」依格鬆了一口氣，自豪地說。

瑪莉蓮達駕着探險號迅速來到家人身邊，歷奇也慢慢回復過來。

雖然盤果被打倒了，但是四周仍然灰蒙蒙一片，毫無氣息，異常平靜。

「我們來遲了。」歷奇心裏很沉重。

「爸爸，你看！」艾文叫道。

忽然間，到處都出現了一些發光的小生物。這些發光的小生物四處走動，開始修復附近的環境，而那顆巨大的心臟又開始跳動了。很快地，這裏回復明亮生動，還比以前更加蓬勃，生機處處。

卡迪一家跟撻撻道別後，便跟嘉麗桃的團隊一起登上飛船，準備回家。

歷奇說：「其實，我還想去一個地方，為爸爸而去。」

瑪莉蓮達於是將探險號駛到山的另一邊。卡迪一家站在飛船的甲板上，凝望着山後一望無際的海洋。

「我整輩子都在想像這一刻會是怎樣，山後會有些什麼，內心會有什麼感覺……」依格說。

「那你這一刻覺得如何？」歷奇問道。

「我覺得……太完美了。」依格回答。他伸手搭着歷奇，又把瑪莉蓮達和艾文拉近自己。

轉眼間卡迪一家回到阿珐隆尼亞一年了，城內的居民學習着如何在沒有盤果的情況下，過簡單的生活。

嘉麗桃籌劃了一項新任務，招募創新智囊團，一同研究怎樣在環境保育和城鎮發展中取得平衡。探險號的團隊則把飛船改建成巨大的風力發電機，以這些電力亮起街燈。

而瑪莉蓮達將滅蟲飛機賣走了，換來了一個綁在背上的飛行器。她很享受可以像優雅的飛鳥般在空中滑翔。

卡迪農場也改變了不少。這裏不再種植盤果，開始栽種各樣的莓果和蔬菜。依格在農場裏也展開了另類探險——田地耕作與粟米穗收割之旅。

歷奇和爸爸也喜歡跟對方一起在農田裏工作，彼此認識相處，增進父子情。

艾文在家人的支持下，也去追尋自己的探險夢。他常常攜同朋友回去奇異世界探望撻撻，看看牠生活如何。

卡迪一家明白到，要創造出最偉大的傳奇，就是為這個世界帶來光明的前途，讓世上的每一種生物，不論是人類還是生物，都享有美好的將來。